ONCIN

Collection

souris noire

dirigée par
François Guérif

L'auteur

Alix Clémence – Né trop tard pour devenir une des grandes figures de la Résistance française. Absent de Paris en mai 68, a raté de peu l'occasion de devenir un des leaders du mouvement estudiantin. Incapable d'anticiper sur les effets de la mondialisation galopante, ne parvient pas à faire fortune en spéculant à la Bourse. C'est pour toutes ces mauvaises raisons qu'Alix Clémence a décidé d'imaginer des histoires pour la radio, la télé, le cinéma et maintenant d'écrire des bouquins en prenant comme pseudo les noms de ses deux dernières filles.

Du même auteur aux Éditions Syros

- *Le disparu de Cabrérac*
- *Ninon et l'homme en noir*
- *Dans son habit de lumière*

Souris noire

1

Cette fois, au cours de cette mission humanitaire au Kosovo, mes parents avaient pu constater que l'homme est l'animal le plus cruel et le plus dangereux de la création.

Comme il n'était pas question que je les accompagne, j'ai passé le dernier trimestre de ma seconde et le début de mes grandes vacances scolaires chez mon pépé Andrès, à Opoul Perillos. Au lycée ça s'est super bien passé et, en plus, on s'est bien marrés en compagnie de son copain Tonino, l'ex-toréador[1].

Début août, comme convenu, j'ai pris l'avion à Marseille pour aller retrouver mes parents, en Italie du Sud, à l'aéroport de Bari.

Après plus de trois mois passés dans la région de Pristina, papa et maman ne rêvaient désormais que de soleil et de farniente... « *Fare niente !* » « Ne rien faire ! » comme le dit si bien cette expression italienne.

Ils souhaitaient que nous visitions les côtes italiennes en touristes, en passant par Naples, Rome, Florence et Gênes, avant de franchir la frontière française.

1. *Dans son habit de lumière.*

Au soir du deuxième jour de route – sans doute pour faire oublier à maman tout ce qu'elle venait de vivre ces dernières semaines – papa proposa de nous faire découvrir les splendeurs de la côte amalfitaine.

Ravello est une charmante petite bourgade, vieille de plus de trois mille ans, juchée tout en haut d'une montagne de roches brunes. Pour l'atteindre, le Toyota rugissait de tous ses cylindres en escaladant la route en lacets qui semblait nous conduire directement au ciel. Papa perdit pas loin de trois kilos à tourner sans arrêt le volant, un coup à gauche, un coup à droite, à gauche, à droite, à gauche... droite...

Une fois au sommet, c'est vrai que le spectacle était absolument magnifique. Nichées au creux de massifs de fleurs multicolores, de grandes villas aux volets clos, aux murs ocre et aux toits de tuiles roses dormaient à l'ombre de grands pins parasols. Plus bas, des bosquets d'oliviers, de vignes descendaient en cascades de végétation jusqu'à la mer Tyrrhénienne. Figée sous un soleil de plomb, la vaste étendue d'eau bleu turquoise se confondait à l'horizon avec un ciel azur, immaculé.

À l'heure du dîner, voulant bien faire les choses, papa nous invita dans une des plus élégantes trattorias du village. Elle affichait à l'entrée de son porche : « Nous parlons le français. »

Nous traversâmes un jardin rempli de fleurs exotiques avant de parvenir à la terrasse. Là, une dizaine de clients étaient déjà installés face à la baie, sa végétation, ses rochers et son coucher de soleil.

Il ne manquait que les mandolines.

Je commençais déjà à en avoir plus qu'assez de ce paysage de carte postale. Maman et papa, assis l'un en face de l'autre, ne se lâchaient plus la main en contemplant la mer. À ce train-là, ils allaient se mettre à roucouler comme deux pigeons amoureux lorsque la lune se lèverait.

En fait, j'étais mal placé pour me moquer ainsi de mes parents. Parce que, pour être tout à fait franc, j'aurais bien aimé pouvoir séjourner quelques jours dans cette charmante petite ville.

Ravello et le panorama n'y étaient vraiment pas pour grand-chose.

En fin d'après-midi, en traversant la place du village, j'avais croisé la silhouette d'une fille brune, à la lourde chevelure foncée, encadrant des épaules étroites et un visage à l'ovale parfait (c'est maman qui me l'a fait remarquer plus tard). Ce bref échange de regards avait suffi à me faire tomber sous son charme. Ses yeux étaient de la couleur de ses cheveux : noirs avec des reflets bleus.

Je sais ! Ça n'existe pas, des reflets bleus dans le regard. N'empêche que c'est comme ça que je l'ai aperçue, dans l'encadrement de la porte de l'hôtel Solitario !

2

Entre Sergio Roccaforte et papa, ça a tout de suite collé. Normal ! D'abord parce que ce ne sont pas des tristes et que le restaurateur et son fils Dino parlaient français aussi bien que nous trois.

Normal encore, Dino était né en France. Les Roccaforte avaient vécu plus de vingt ans à Lyon où ils avaient été propriétaires d'un restaurant italien.

Dino était presque aussi grand que son père mais, à quatorze ans, forcément beaucoup moins baraqué. Je l'ai pris tout d'abord pour un timide. Il servait à toute allure et en toute discrétion les autres tables. Plus tard dans la soirée, j'ai su pourquoi il souriait aussi peu : sa mère était morte un an auparavant. D'une longue maladie, comme on dit quand on ne veut pas parler du cancer. Forcément, c'était sans doute encore trop frais pour qu'il trouve la vie formidable.

C'est pour ça que le père et le fils étaient revenus vivre au pays ; pour oublier un peu et recommencer ce qui était possible.

Deux heures plus tard, les derniers clients quittèrent la salle. Puis ce fut au tour de Julia, la cuisinière, de rentrer chez elle. Nous allions quitter la trattoria à notre tour lorsque, une bouteille de *grappa* à la main, Sergio vint s'installer à notre table ; pour terminer la soirée, nous dit-il, avec des *presque* compatriotes.

Dino desservait les tables. Sergio souriait de toutes ses dents en essayant de nous convaincre qu'il fallait compter au moins quinze jours pour visiter Ravello, Naples, les îles, le Vésuve et toutes les merveilles de la région.

C'est alors que des hommes, mal rasés, en bras de chemises noires, surgirent à l'entrée de la terrasse du restaurant. Le sourire que nous adressait Sergio se coinça instantanément pour se transformer en grimace. Comme poussé par un ressort, le restaurateur jaillit de sa chaise et fonça en direction des trois affreux.

La conversation entre Sergio et les trois types ne dura pas plus de deux minutes. Dans une langue qui avait les sonorités de l'italien, mais où aucun mot ne nous était compréhensible.

À l'entrée des cuisines, Dino se tenait tout raide, le visage décomposé, la main serrée sur le manche d'un couteau à pain.

Il n'était pas nécessaire de comprendre leur patois pour deviner que, entre Sergio et les trois salopards, ce n'était pas le grand amour.

Papa se leva quand un des hommes fit un pas en avant pour venir se coller tout contre le restaurateur.

Après, tout se passa très vite.

Sergio commença par balancer un grand coup de tête dans le nez de celui qui voulait lui compter les dents de trop près.

Le second, le plus petit, j'aurais bien aimé m'en occuper moi-même. Mais, pour ça, il aurait fallu que maman ne se soit pas accrochée de toutes ses forces à ma chemise en jeans et surtout que Sergio m'en laisse un petit morceau pas trop abîmé.

Après avoir empoigné le voyou par une aile, le restaurateur lui fit traverser la porte de la terrasse en vol plané. Il atterrit dans un bassin en ciment rempli de cactus et de plantes grasses. Transformé en pelote à épingles !

Papa s'occupa du troisième, le plus costaud. Après que cette crapule lui eut cinglé l'avant-bras d'un grand coup de baguette, mon paternel répliqua par un lancer de chaise de jardin sur le crâne, suivi d'un coup de pied de dégagement entre les jambes. La brutalité du choc envoya le truand valdinguer sur le carrelage, bouche grande ouverte, tétanisé par la douleur.

Trois minutes après, la terrasse avait retrouvé son calme et Sergio son sourire. Il empoigna papa à bras-le-corps pour le serrer contre lui, en jurant qu'il n'oublierait jamais.

C'est quand le restaurateur le relâcha que nous remarquâmes la grimace de mon père et la pâleur de son visage.

Maman se précipita pour secourir son homme. Elle avait compris ce qui venait de se passer. Ce n'était pas avec une badine de bois que le voyou avait frappé papa. C'était avec une tige en fer. Elle lui avait cassé net l'avant-bras.

Il n'était pas difficile de deviner ce que ces trois types étaient venus faire dans le restaurant des Roccaforte.

Pendant que maman posait des attelles et bandait fermement le bras de son mari, Sergio nous raconta toute l'histoire.

– Ce sont des Calabrais, comme moi. Ils pratiquent le racket et l'extorsion de fonds dans la région. En prétendant faire partie de la 'Ndrangheta. C'est le nom de la mafia calabraise. En fait, ces types ne sont que des gangsters qui n'appartiennent à aucune organisation autre que celle de leur clan.

– Et qu'est-ce qu'ils vous veulent ? l'interrompit papa, qui abusait depuis un moment de la grappa pour faire passer son mal de bras, sous le regard – pour une fois – plein de compréhension de sa moitié.

Sergio ne répondit pas directement à la question de mon père.

– Le chef de leur famille est installé plus bas. Il tient une station-service à Vietri sul Mar. Il y a deux ans, dès qu'il a su que j'allais ouvrir le restaurant, il m'a envoyé ses « émissaires ». Je leur ai dit qu'ils ne m'impressionnaient pas et d'aller voir ailleurs. Avec tous les autres qu'il m'a envoyés après, ça a été pareil. Jusqu'à ce soir. Mais là, maintenant, c'est plus grave.

3

Sergio avait l'air vraiment malheureux.

– Il m'on dit que, si je ne paye pas le *pourcentage*, la prochaine fois ils vont *jambiser* Dino !

– Lui casser une jambe avec une barre de fer ? Comme ils ont cassé le bras de Jean-Michel tout à l'heure ? s'indigna maman, en jetant un regard de mère poule en direction de Dino.

Le restaurateur parut incapable de répondre tellement il avait l'air angoissé. Ce fut son fils qui nous expliqua, d'une voix douce et calme, ce que cette menace signifiait.

– Non, madame ! Se faire *jambiser*, ici, ça veut dire recevoir une décharge de plombs de douze, tirée à bout portant avec une *lupara*. Un fusil de chasse à canon scié.

– Et la police ? répliqua maman. Vous n'avez qu'à prévenir les carabiniers ! Ils sont là pour défendre les honnêtes gens, il me semble !

Sergio fit lentement tourner la liqueur translucide au fond de son verre.

– Ici, madame, c'est le Sud ! Nos lois n'ont que peu de rapport avec celles des provinces du nord de l'Italie. Nous, nous avons pour habitude de régler nos affaires entre « *Terronis* » ; les *terres cuites*, comme nous appellent les gens du Nord. Nous ne faisons jamais appel à qui que ce soit... Surtout pas la police !

– Mais c'est idiot ! ne put s'empêcher de répliquer maman, pour qui la liberté d'agir et de vivre en paix était un principe aussi naturel que l'air qu'elle respirait.

– C'est idiot, je suis d'accord avec vous, mais c'est comme ça, soupira Sergio en avalant une rasade d'alcool, sous le regard approbateur mais de plus en plus vague de papa.

Pour mes parents, c'en était trop. Pas question de laisser ces gangsters menacer de la sorte un copain et son rejeton. Même si ce copain ne l'était que de fraîche date !

– Qu'est-ce que vous voulez faire, Sergio ? demanda maman.

– Rester seul, ici, dans ton restaurant, et attendre qu'ils reviennent ? Avec ton fils ? renchérit papa.

– Je ne veux pas quitter mon restaurant cette nuit. Je connais leurs méthodes. Je peux vous assurer qu'ici ça flambera avant le lever du jour ! Nous avons des fusils de chasse. Dino et moi saurons nous en servir, si c'est nécessaire.

Maman proposa donc tout naturellement que nous passions tous la nuit dans le restaurant. Papa, lui non plus, n'envisageait pas les choses autrement.

– Tu nous prends pour qui ? On ne va pas vous laisser tout seuls ! Pas question !

– Passez-moi un de vos fusils, ajouta maman. Allez vous coucher tous les quatre. Je monterai la première garde. Je déteste la chasse, mais ça ne m'empêche pas de savoir me servir d'un fusil. Et, si ces gens ont la mauvaise idée de revenir ici, je peux vous assurer qu'ils s'en mordront les doigts !

Papa, qui commençait à avoir très sommeil – plus à cause de la grappa que de son bras cassé –, hocha la tête en signe d'approbation.

– Et ne t'inquiète surtout pas ! Caro, c'est la fille d'un toréador ! Au fusil, c'est comme Buffalo Bill !

Sergio avait fini par accepter. Sans doute autant pour ne pas vexer mes parents que pour pouvoir profiter de quelques heures de repos plus que nécessaires.

La maison à un étage était vaste et accueillante. Nous nous retrouvâmes très vite chacun dans un lit.

Pour papa et moi, la sécurité assurée par maman au rez-de-chaussée nous permettait de dormir sur nos deux oreilles. Sans la moindre inquiétude. En d'autres circonstances elle nous avait déjà prouvé qu'à elle seule elle pouvait avoir la puissance de destruction d'une section de commando de marines, lorsque la vie de *ses* hommes était en danger.

Cette fois, le hasard faisait bien les choses. J'allais participer à une sorte de « polar » en vrai, à moins de quelques semaines d'une rentrée scolaire qui ne m'enthousiasmait pas plus que ça.

Parce que, connaissant mes parents et leur générosité, je savais que nous ne repartirions pas de Ravello et du restaurant de leur copain Sergio avant que cette histoire de racket ne soit réglée une fois pour toutes.

À mon réveil, l'odeur du café avait envahi la grande maison. Dans la cuisine, Sergio, son fils et mes parents m'attendaient devant une tablée de fruits, de confitures et de petits pains dorés, plus appétissants les uns que les autres. Maman m'annonça l'emploi du temps pour la journée avec un grand sourire.

– Jean-Michel se repose ce matin. Nous en profiterons pour aller visiter Herculanum et Pompéi. J'ai proposé à Sergio que Dino nous accompagne. Allez, Frédéric, dépêche-toi de déjeuner ! Nous partons dans vingt minutes.

Les vacances, avec maman, c'est selon : assez souvent un plaisir, quelquefois, comme ce matin, une galère.

Mais toujours une surprise !

4

Le buste penché en avant dans chaque courbe, maman semblait vouloir arracher le volant de la Fiat Uno pour négocier à toute allure chacun des lacets qui n'en finissaient pas de zigzaguer jusqu'au niveau de la mer.

Passé les derniers virages de cette descente infernale, la voiture fila droit devant elle sur l'*autostrada*. Plus au calme, nous découvrîmes alors la vaste plaine violette barrée, tout au fond, par une montagne en dos d'âne de moyenne altitude.

– Tu le reconnais ?

Je cherchai, sur les bas-côtés et sur la route, à identifier ce qui semblait, d'après ma mère, devoir m'apparaître comme connu et évident.

– Qui ça, maman ?

– Mais enfin, devant nous, ce volcan, ça ne te dit rien ?

J'avouai mon ignorance.

– Cette montagne, là ?

– Mais c'est le Vésuve !

– Ça ?

– Ne te fie pas à son aspect tranquille. Ce volcan est un tueur ! ajouta Dino, qui n'avait pratiquement pas ouvert la bouche jusque-là. C'est quand on l'oublie qu'il aime se rappeler à notre bon souvenir. La dernière fois, en 1980, c'est la terre qui a tremblé autour de lui. Mon père était en vacances au pays. Il a assisté à la catastrophe. Il y a eu près de deux mille morts. Si ça avait tremblé à peine plus fort, c'était tout Naples qui s'écroulait comme un château de cartes !

Maman nous fit alors une démonstration de son étonnante mémoire.

– Hier soir, dans la bibliothèque de Sergio, j'ai trouvé un ouvrage très bien fait sur ce qui s'est passé en 79 après Jésus-Christ. Voulez-vous que je vous le raconte ?

– Bien sûr, allez-y, répondit poliment Dino, qui avait compris, comme moi, que de toute façon nous n'avions pas le choix.

– L'explosion du cratère a eu lieu le 24 août, peu avant midi. Pompéi, Herculanum, Oplontis et Strabie ont été recouvertes par une colonne de feu, de pierres et de fumée qui est montée jusqu'à dix-sept mille mètres de hauteur.

– Tu veux dire dix-sept kilomètres de haut ?

– Oui. Un champignon ressemblant à l'explosion d'une bombe atomique. Il a fait retomber sur les deux villes les plus proches plusieurs millions de tonnes d'un mélange de pierres ponces et de cendres brûlantes, sur plusieurs mètres d'épaisseur.

Je levai les yeux vers le Vésuve, tentant d'imaginer l'apocalypse que les gens avaient dû vivre dans cette plaine aujourd'hui si paisible.

– Combien y a-t-il eu de victimes ?

– Plusieurs milliers. Sans doute dix mille ; soit à peu près la moitié des habitants de la région à cette époque.

– Ils sont morts comment ?

– Ce sont surtout les gaz mortels et le raz-de-marée qui suivit l'éruption qui ont fait le plus de victimes... Mais on arrive bientôt. Vous verrez ! J'espère que tu te souviendras toute ta vie de cette visite à Pompéi, Frédéric !

Elle ne savait pas comme elle avait raison, maman chérie !

Au pied du volcan, en quittant l'autoroute, nous entrâmes dans les faubourgs d'une ville anonyme, poussiéreuse et bruyante, qui n'avait rien pour séduire. À grands coups de klaxon et de cris, tout ce qui roulait, voitures, scooters, camionnettes et cars de tourisme, convergeait vers le même endroit, avec un non-respect flagrant du code de la route. Maman, très à l'aise, progressait dans la ville comme si elle y avait toujours vécu.

Dino nous indiqua un parking « officieux » où garer notre voiture. C'était, selon lui, la garantie de pouvoir retrouver la Fiat de son père avec ses roues, ses accessoires et ses serrures intacts.

De là, il nous suffit de suivre le flot d'une foule de plus en plus dense pour nous retrouver devant l'entrée du site. Un vendeur à la sauvette nous proposa des billets à peine plus chers qu'aux guichets officiels. Ce qui nous évita une attente inutile et indéterminée

« *En Espagne, vis comme un Espagnol, en Chine comme un Chinois et si tu te retrouves sur la Lune, vis comme un Sélénite.* » C'est papa qui disait toujours ça... Maman ne faisait qu'appliquer cet excellent principe... en Italie !

Passé une porte dans les remparts de grosses pierres rondes d'une lourde fortification, l'ampleur du site antique nous apparut dans toute son étendue et sa splendeur.

Ici, contrairement à ce que j'avais déjà pu visiter en matière de vestiges grecs ou romains, il ne s'agissait pas de quelques murs, de colonnes rongées par le temps, soutenant vaguement un portique plus ou moins identifiable. Pompéi était une vraie ville ! C'est ce qui frappait le visiteur dès le premier regard.

Ensuite, bien sûr, en déambulant dans les rues pavées qui se croisaient à angle droit, il fallait quelquefois faire l'effort de reconstruire dans sa tête l'imposante façade d'un temple ou d'un grand édifice.

Mais maman avait tout prévu. À l'entrée, elle avait fait l'achat de plusieurs guides illustrés qui reconstituaient les rues et les principales constructions de la ville, telles qu'elles étaient avant la catastrophe.

Mon nouveau copain et moi voulions tout voir : les maisons ornées de fresques, les vestiges les plus parlants. Mais tout cela au petit bonheur la chance ! Maman, à l'inverse, souhaitait effectuer sa visite avec ordre et méthode.

C'est pour ça qu'elle nous avait proposé de nous séparer.

– Retrouvons-nous, à onze heures et demie sur la place du forum, dans la buvette du musée. Nous y déjeunerons avant de partir pour Herculanum.

Une fois seuls, au premier coin de rue, j'interpellai Dino.

– Tu sais, toi, où se trouvent les moulages des victimes de l'éruption ?

– C'est de l'autre côté de la ville.

– On y va ?

– Oui, pourquoi pas ?

Treize personnages, hommes, femmes et enfants, moulés dans le plâtre, gisaient sur le sol, figés pour l'éternité dans la posture où l'inhalation des gaz mortels les avait foudroyés. La terrifiante tragédie qui s'était abattue sur la ville nous apparut alors dans toute son ampleur à l'ombre d'une grande villa patricienne.

– Mais comment on a fait pour obtenir les moulages de ces gens ?

Aussi impressionné que moi, Dino hocha la tête avant d'avaler sa salive pour me répondre.

– Les corps des habitants surpris par l'éruption ont laissé une empreinte dans la cendre volcanique. C'est Fiorelli, un archéologue italien du siècle passé, qui a eu l'idée de couler du plâtre à l'intérieur de ces formes creuses.

– Tu veux dire que ces moulages sont la reproduction exacte du corps de chacune de ces personnes ?

– Oui.

– C'est presque incroyable ! Tu as vu cette expression de terreur sur le visage de cet homme ?

– Et celui-là, qui tente de se relever au pied du mur ? Regarde, à côté de lui, cette femme devait être une patricienne. On distingue encore la forme du collier qu'elle portait autour de son cou et la façon dont elle était coiffée.

– Regarde cette autre femme qui tente de protéger dans les plis de son manteau le corps d'un petit enfant.

– J'en reviens pas. Franchement, ça fiche presque la trouille !

Encore impressionnés par ce spectacle macabre, nous quittâmes la villa dite des

« fugitifs » pour aller nous faire une idée assez précise et plus joyeuse de ce que pouvait être la vie quotidienne des habitants de Pompéi deux mille ans en arrière.

En fait, ces Romains avaient déjà presque tout inventé pour s'organiser une vie très cool : des thermes, des blanchisseurs et des orfèvres pour se faire beaux. Des minotiers, boulangers-pâtissiers..., et même les fast-foods pour se restaurer : un grand nombre de petites auberges offraient leurs spécialités directement sur la rue, où un Sergio de l'époque servait à ses clients les aliments qu'il prenait dans des jarres encastrées dans la maçonnerie du comptoir. Facile d'imaginer les jeunes de l'époque et leurs copines venant se payer un petit casse-croûte à la fin d'une représentation théâtrale. Exactement comme nous, après un ciné !

À cette époque, nous expliquait le guide illustré que nous avait passé maman, il valait mieux être citoyen romain qu'esclave ! Ceux-là n'avaient simplement aucun droit. Dans le meilleur des cas, ils servaient de domestiques ou de travailleurs ruraux. Malheur à ceux que l'empereur ou un des patriciens de la ville envoyait à l'école des gladiateurs ! Il nous avait suffi de visiter la palestre, le centre d'entraînement des gladiateurs et les arènes pour deviner le sort qui attendait ces malheureux. *Secutores*, mirmillons ou rétiaires, ils devaient combattre les uns contre les autres jusqu'à ce que mort s'ensuive, pour le plus grand plaisir de la populace assoiffée de sang !

– Bon, y'en a marre. Qu'est-ce que tu dirais, si on allait retrouver ma mère et boire un coup ?

Au bout de deux heures, mon copain et moi étions loin d'avoir tout vu. À courir partout, dans tous les sens, nous commencions à en avoir plein les pattes.

C'est à onze heures et demie que nous franchîmes les portes de l'immense cafétéria.

Maman, déjà installée à une table, nous fit signe de venir la rejoindre.

Nous en étions à nos *gelati* chimiques en boîte plastique lorsque le vendeur ambulant fit son entrée. Son attitude méfiante et furtive attira tout d'abord mon attention. Il avançait par bonds, comme un animal qui chasse. Il portait sur l'épaule gauche un gros sac de toile.

Lorsque, en passant devant une fenêtre, son visage fut éclairé par la lumière, je le reconnus aussitôt.

5

Je me penchai sur l'épaule de Dino, faisant mine de regarder à quel parfum était sa glace.

– T'as vu ce type, avec le sac, là-bas. Je suis presque sûr que c'est un de ceux qui sont venus nous rendre visite dans le resto de ton père, hier soir.

Dino devint tout pâle en approuvant d'un signe de tête.

Le vendeur à la sauvette proposait de table en table une statuette de terre cuite recouverte d'un vernis brun. La plupart des touristes ne jetaient qu'un coup d'œil rapide et indifférent à la pacotille. Bien peu marchandaient. Ceux qui s'y employaient obtenaient très vite satisfaction et réglaient leur achat d'un *seul* petit billet de quelques milliers de lires.

Nous comprîmes que quelque chose clochait lorsque nous repérâmes le manège auquel se livraient le vendeur et certains autres touristes. Ceux-là ne discutaient pas le prix de la céramique. Ils se contentaient d'échanger furtivement l'objet contre un gros *rouleau* de billets, le plus souvent en devises étrangères.

Chaque fois, le vendeur prenait une nouvelle statuette dans son sac, ignorant celle qu'il tenait *déjà* dans sa main. La transaction ne traînait pas. En moins d'une minute, l'objet disparaissait dans le bagage à main du touriste amateur d'artisanat local.

Facile de deviner que ces clients-là ne s'intéressaient pas seulement à l'achat de souvenirs locaux.

Comme il n'était pas question de révéler à maman ce que je venais de découvrir, ce qui devait arriver arriva. Sans que Dino et moi puissions faire quelque chose pour l'éviter. Brusquement, les petits yeux méchants du vendeur s'écarquillèrent de surprise et de trouille. À son tour, il venait de nous reconnaître ! De notre côté, pas le temps de faire un geste. Le type avait déjà atteint la sortie de la cafétéria et disparu dans la lumière éblouissante de l'extérieur.

Il devait être sacrément affolé pour se sauver si vite. Devant les regards ahuris de deux touristes, le dealer avait oublié une statuette !

En trois bonds j'étais devant leur table. J'allais m'emparer de la petite céramique quand le gros homme me crocheta le bras, m'empêchant de fuir avant de me menacer dans un français à l'accent d'outre-Quiévrain.

– Tu laisses ça, toi ! C'est à nous !

La pogne du bonhomme, aussi grosse et de la même couleur qu'un jambon de Bayonne, m'interdisait de croire que j'allais pouvoir régler l'affaire en force. Pris d'une soudaine inspiration, je rassemblai tout mon italien, pour une improvisation bidon et sans filet.

–Prego signor ! Es mon grand frero ! Es très bruto ! Si ye pas ramenar la statuetta, lui casser la testa de mio ! Et morituri te salutant !

Pour donner plus de véracité à mon discours, je lançai au Belge le regard le plus pathétique dont j'étais capable.

Peine perdue ! La poigne du gros touriste se resserrait encore plus fort autour de mon poignet.

– Tu vas laisser ça, une fois, et vite fait encore, p'tit voleur !

Impatient d'en finir, son autre main s'avançait vers la statuette pour me l'arracher. Heureusement, sa femme, petite frisée à lunettes, ne tenant sans doute pas à faire scandale, plaida d'une petite voix pointue pour obtenir ma grâce.

– Tu vois bien qu'il comprend pas c'que tu dis, Émile ! Et puis on l'avait pas encore payé, ce machin. Allez ! Laisse-lui bien cette mocheté. Elle est même pas belle !

Quand, à contrecœur, le Belge relâcha sa prise, ses cinq doigts avaient laissé plusieurs empreintes livides sur mon avant-bras.

Je leur fis, malgré tout, un grand sourire à tous les deux, avant de me replier à toute allure vers notre table.

– *Gracie ! Gracie Émile, signor i señorita !*

Heureusement pour moi, de loin Dino avait tout vu et tout compris. À l'instant, il venait de persuader maman de plier bagage, prétextant que l'heure du déjeuner nous permettrait de visiter Herculanum plus à notre aise. En profitant de la pause-déjeuner de la plupart des autres touristes.

En montant dans la Fiat de Sergio, maman aperçut la statuette, que je dissimulais pourtant le plus discrètement possible contre moi.

– D'où sors-tu cette céramique ?

Tant qu'à mentir, autant lui offrir mon plus large sourire.

– Tu n'as pas remarqué, tout à l'heure, quand je me suis levé ? C'est un monsieur qui m'a fait signe... Il me l'a donnée. Sa femme venait, par hasard, d'acheter la même quelques minutes auparavant !

– Montre-moi ça, veux-tu ?

Je tendis le personnage à maman qui l'examina rapidement avant de me le rendre.

– Tu sais ce que c'est, au moins ?

– Euh ! non, maman. Je ne vois vraiment pas.

– C'est une céramique de Seminaria. Celui qui la met sur le toit de sa maison est censé la protéger du mauvais sort. Celle-là n'est pas très belle et assez mal faite.

– Ça se trouve où, Seminaria ?

– En Calabre. L'autre jour, dans ce musée de Reggio, il y avait plusieurs pièces exposées. Tu ne t'en souviens pas ? C'est tout de même étonnant que cet inconnu te l'ait donnée, comme ça ! Même s'il ne s'agit que d'une copie, ce sont des pièces qui sont tout de même assez cher !

– C'était un Français. Il a dû nous entendre parler et vouloir faire profiter un compatriote d'un souvenir qui ne lui servait plus à rien !

Dino nous interrompit en pointant son doigt en direction du cadran de sa montre. Son geste eut pour effet de rappeler à maman qu'un long après-midi de découverte valait bien mieux que cet interrogatoire.

6

En cours de route, j'en profitai pour examiner l'espèce d'homme-monstre de terre cuite recouverte de vernis brun.

Je n'étais pas du tout d'accord avec maman. Un objet pareil ne méritait pas qu'on dépense une fortune pour l'acquérir.

À moins que, dans celui-ci, ce qu'on ne voyait pas à l'extérieur se trouvât à l'intérieur !

À l'entrée du second parking « protégé », je planquai la statuette entre les deux coussins du siège arrière, m'assurant qu'elle était totalement invisible de l'extérieur de la Fiat.

Ce qui surprend, en arrivant sur le site archéologique de Herculanum, c'est qu'il se trouve dans une fosse de trente mètres de profondeur et quelques centaines de mètres de côté. Difficile de faire la différence entre les constructions d'époque romaine et les habitations modernes, délabrées, qui se trouvent juste au-dessus. Ce sont les paraboles et les antennes télé qui permettent le mieux de faire la différence.

– Herculanum était une petite cité balnéaire habitée par des gens fortunés. Lors de l'explosion du Vésuve, elle fut recouverte par une énorme masse de boue brûlante qui pénétra par toutes les ouvertures des bâtiments et se solidifia en une couche dure et compacte de plus de dix mètres d'épaisseur. C'est cette boue qui a permis de conserver non seulement la plupart des constructions, mais aussi, et ça paraît incroyable, des objets en bois, des tissus et même, dans une des villas, des papyrus.

Bien qu'elle ne l'ait jamais vue de sa vie, son extraordinaire mémoire permettait à maman de parler d'Herculanum aussi bien qu'un prof d'université. Au point qu'un récalcitrant à l'histoire, comme moi, se sentait impatient de découvrir cette formidable ville antique.

En fait, ce sur quoi on allait tomber à Herculanum, Dino et moi, n'avait rien à voir avec l'époque romaine, ou alors de très loin !

L'impression de se retrouver deux mille ans en arrière !

Une sensation si forte que, pour un peu, nous nous serions attendus à voir une noble Romaine sortir d'une des villas, suivie de ses servantes. Plus loin, une assemblée d'hommes portant la toge aurait pu discuter sous l'auvent d'un portique, devant l'esplanade d'un temple...

L'intérieur de chacune des habitations gardait encore la trace de ceux qui l'avaient occupée. Ici, c'était une demeure patricienne, avec sa cour intérieure décorée de colonnes cannelées, s'ouvrant sur un jardin. Un peu plus loin, l'échoppe d'un marchand de vin avec les restes d'un escalier qui menait à l'étage où se trouvaient les chambres à coucher. Dans la salle principale du rez-de-chaussée, encore intacte, un casier en bois où l'aubergiste avait rangé ses amphores. À côté, la boutique d'un blanchisseur avec, au centre de la pièce, une presse à linge en bois. L'ancêtre de nos fers à repasser, nous avait expliqué maman. Dans une autre villa, des écuelles, des flacons en verre, des couteaux, des légumes et des galettes rondes, noircis par la chaleur mais intacts... Pas une maison, pas un temple, pas un mur intérieur qui ne fût décoré d'une peinture, d'une fresque ou d'une mosaïque.

Maman, cette fois, était aussi impressionnée que nous par la magie des lieux. Mais son besoin de savoir et comprendre reprit très vite le dessus lorsqu'elle aperçut, aménagé dans les vestiges d'un petit temple, le comptoir en métal brossé d'un bureau d'information.

La conversation qu'elle engagea en anglais avec une guide aussi bavarde qu'elle allait l'occuper pour un sacré bon bout de temps.

J'en avais l'expérience.

Elle ne s'aperçut même pas que j'entraînais Dino pour repartir à l'aventure.

À la mi-journée, en raison de la chaleur et de la pause-déjeuner, les visiteurs étaient encore très peu nombreux. Pendant une bonne demi-heure, nous pûmes rêver en parcourant les rues au hasard, sans l'inconvénient, comme à Pompéi, de croiser une horde de touristes braillards, en shorts et casquettes publicitaires, filmant et photographiant tout et n'importe quoi à qui mieux mieux.

– Viens voir ! Dino m'indiqua d'un geste impatient l'entrée d'un grand édifice à l'extrémité d'une rue étroite.

Nous venions de nous engager dans l'impasse lorsque derrière nous un bruit de pas, résonnant sur le pavement, nous fit nous retourner. Trois hommes à la mine patibulaire, habillés de noir, y compris les lunettes de soleil, avançaient dans notre direction. Leur attitude et leur allure ne permettaient pas de douter. Ils n'en avaient rien à faire des antiquités. La preuve : ils démarrèrent aussitôt sur nos talons, dès que nous nous mîmes à courir vers le temple.

Sans le savoir, nous venions de pénétrer dans les thermes de la ville.

Après avoir traversé les deux premières salles, nous nous retrouvâmes coincés dans une grande pièce au plafond en coupole.

Derrière nous, les trois hommes se déployèrent, en prenant tout leur temps. Me désignant, Dino s'adressa à eux dans le patois que son père avait utilisé la veille. Le plus grand se mit à rire, en passant son index sur sa gorge.

Au cas où nous aurions eu des doutes, il venait de nous indiquer, en langage universel, ce qu'il comptait faire de moi.

7

Fichus pour fichus, autant essayer de nous défendre ! Même si ce n'était qu'avec nos poings, nos pieds et notre envie de vivre.

Pour ce qui était de prévenir quiconque à l'extérieur, inutile de nous bercer d'illusions. Au-dessus de nos têtes, la voûte étouffait les sons, au point que nos adversaires ne se privaient pas de rire et de discuter entre eux.

Il fallait se rendre à l'évidence : nos cinquante kilos chacun ne feraient pas long feu face à nos adversaires. Sans se presser, chaque tueur venait de sortir de sa poche un couteau.

Les lames, d'une bonne vingtaine de centimètres, brillaient d'un sale éclat dans la pénombre.

Je repris un instant espoir lorsque j'aperçus plusieurs piquets de fer entourant un bassin de marbre. C'est juste à ce moment-là que les autres tueurs firent leur entrée. Sur le coup, j'en eus le souffle presque coupé. Trois de plus ! Rien que pour Dino et moi ! Eux aussi habillés en noir de la tête aux pieds.

Ceux-là, il suffisait d'un coup d'œil pour se rendre compte qu'ils étaient encore plus dangereux que les précédents. Ils serraient déjà dans leur poing un coutelas au moins aussi long et pointu que ceux de leurs copains.

Leurs copains ? Pas sûr. À voir la tête des trois premiers qui venaient de se retourner...

Combien de temps dura le duel ?

Je ne saurais le dire. Mais il me suffit de fermer les yeux pour revoir les six hommes face à face.

En gestes lents, bras tendus, corps ployés en avant, ils semblaient glisser les uns vers les autres. Puis d'un seul coup tout s'accéléra. Les tueurs bondirent, s'empoignèrent, tournèrent sur place pour éviter d'un mouvement du torse le geste mortel d'une pointe d'acier, rapide comme l'éclair, qui cherchait à percer leur poitrine.

Il y eut un cri.

Un des premiers assaillants recula en chancelant. Une tache de sang s'élargissait sur le devant de sa chemise. Lentement, comme dans un film au ralenti, il vint prendre appui contre le mur de chaux blanche. Lorsque sa main retomba, l'empreinte sanglante de ses doigts était imprimée sur le mur. Les six hommes marquèrent un temps. Sans perdre leurs assaillants du regard, les copains du blessé vinrent le soutenir pour le porter hors de la salle. Les trois autres ne firent pas un geste pour les en empêcher. Sur un signe du plus vieux, ensemble ils replièrent leur lame.

C'est seulement lorsque nous nous retrouvâmes seuls en face d'eux que je me rendis compte que pas un mot n'avait été échangé entre les tueurs pendant le duel.

Je n'eus pas besoin que Dino traduise quand, d'une voix calme, presque douce, le plus âgé (celui qui venait de poignarder son adversaire) nous fit signe de les suivre.

Le tueur nous fit pénétrer à l'intérieur d'une auberge fast-food style époque romaine, où un vieil homme nous observait de loin, sans bouger.

Assis sur un siège de maçonnerie antique, dans l'ombre de la pièce, l'homme était lui aussi vêtu d'un costume noir et coiffé d'un feutre de même couleur. Décidément, c'était la couleur à la mode dans la région de Naples ! Sa main droite agitait mécaniquement un journal plié en quatre, pour éventer un visage maigre, creusé. À son annulaire gauche étincelait un rubis.

Sans presque bouger les lèvres, le vieillard s'adressa d'abord à Dino, d'une voix rocailleuse et sourde. Mon copain répondit très vite, par une phrase courte.

Sans blague ! Pour un peu, je me serais retourné, pour voir si une équipe de tournage ne filmait pas la scène. Un remake du *Parrain III* ou *IV* !

L'homme au chapeau tourna la tête dans ma direction pour m'interroger en anglais avec un accent de gangster italo-américain qui faillit me faire éclater de rire.

– Tu as eu peur, *guy* ?

– Un peu.

– Tu t'appelles comment ?

– Frédéric Murer. Je suis français !

– De Marseille ? Je connais des gens à Marseille.

– Non, de Paris.

– Tu as de la chance, Paris, c'est une belle ville. J'ai des *amiches* là-bas aussi ! Mais tu parles bien l'américain, petit Français. C'est bien ! Il faut bien travailler à l'école, pour avoir un bon métier et honorer sa famille.

Là encore, j'eus du mal à conserver mon sérieux. Le vieux mafioso avait sans doute fréquenté plus souvent les cellules des prisons d'Amérique et d'Italie que les bancs de leurs universités. Il reprit d'une même voix calme :

– Ce qui vient de se passer dans les thermes c'est un accident. Ces trois minables de Calabrais n'ont rien à faire sur notre territoire ! Ne crains rien, petit, ça ne se reproduira plus ! Toi, ta famille et ton copain Dino, vous êtes sous notre protection ici. Allez ! Va rejoindre ta *mama*. Le journal cessa un instant de battre l'air devant son visage ridé pour nous indiquer la sortie. Elle est toujours en compagnie d'Angela. Si vous faites vite, bavardes comme elles sont, elles ne se rendront même pas compte que vous vous êtes *égarés*.

À bien écouter le vieil homme, sa dernière phrase pouvait passer autant pour un conseil que pour une menace. Prudent, je hochais la tête pour lui faire comprendre que j'avais saisi la nuance.

Je n'en crus pas mes yeux lorsque, en prenant congé, Dino se baissa pour embrasser la bague du mafioso.

Moi, je me contentai de lui serrer la main.

En me retournant vers la sortie, je constatai alors que les trois gardes du corps n'étaient plus là.

Le vieux bonhomme avait raison. Maman était encore en pleine conversation avec la guide lorsque nous franchîmes la porte du local de l'office de tourisme.

La suite de notre visite à Herculanum fut un vrai plaisir.

Attention particulière d'Angela pour sa nouvelle copine ou régime de faveur du vieux mafieux, pour nous remercier de n'avoir rien dit – ou nous rappeler qu'il était préférable de ne rien dire à maman ? Toujours est-il que, à la différence des autres touristes, nous eûmes droit à la visite complète, y compris celle des zones réservées aux chercheurs, là où ils effectuaient leurs fouilles.

En fin d'après-midi, le chemin de retour vers Ravello, dans la Fiat, me laissa tout le temps nécessaire pour examiner une seconde fois la figurine de terre cuite. Elle semblait tout à fait ordinaire. Mais celle-là, dès notre arrivée à Ravello, j'étais bien décidé à la faire parler !

Pendant le reste du voyage j'essayai d'y voir un peu plus clair dans cette histoire qui partait dans tous les sens.

Une fois arrivé au restaurant, Dino et moi courûmes nous isoler dans le jardin potager, derrière la grande bâtisse.

Un seul coup de marteau suffit à casser la tête de monstre en plusieurs morceaux.

Rien d'autre que de la terre !

J'étais déçu. Mais déjà une autre interrogation me tarabustait depuis le milieu de l'après-midi. Je profitai de ce que nous étions seuls pour interroger Dino.

– Tout à l'heure, à Herculanum, tu as fait un truc qui m'a étonné avec le vieux mafieux...

Dino sourit et ne me laissa même pas finir.

– As-tu remarqué la bague qu'il portait à la main droite ? Ça veut dire que ce vieux, qui ne paye pas de mine, est un des chefs de secteur de la Camorra de Naples. Tu as vu ce qui s'est passé avec les Calabrais ? Des

« soldats » comme ceux qui nous ont porté secours dans les thermes, ce vieux doit en commander une ou même plusieurs centaines ! Dans sa zone, il est au courant de tout, il contrôle tout : celui qui vole, celui qui vend de l'herbe et des cigarettes de contrebande, celui qui prend les paris de la loterie clandestine. Il est le maître sur son territoire et, à ce titre, pour le remercier de nous avoir aidés, je devais lui montrer que je reconnaissais sa puissance et celle de la Camorra.

– Sinon ?

– Sinon, il pourrait envoyer un soldat voir mon père et lui réclamer le règlement de notre dette.

– Quelle dette ?

– L'intervention de ses tueurs dans les thermes, bien entendu ! En plus des Calabrais, nous aurions affaire à la Camorra.

Le repas du soir, nous l'avons pris tous ensemble dans la cuisine dégustant avec appétit l'excellente cuisine de Julia. Après quoi, Dino et moi avons donné un coup de main pour servir en salle. J'attendis la fin du service, vers onze heures, pour lui proposer de faire un tour dans le centre de la petite ville avant d'aller nous coucher.

Histoire de nous détendre un peu !

Il faisait doux, l'air sentait bon. Tout naturellement, nos pas – plus particulièrement les miens, pour être tout à fait franc – nous conduisirent sur la *piazza* centrale, où se trouvait le Solitario. C'était là que j'avais aperçu la jolie fille brune.

Face à l'hôtel, assis sur un bloc de vieux marbre, vestige d'un temple grec devenu banc public, Dino et moi observions, sans être vus, la façade du plus bel hôtel de Ravello.

Pas besoin de l'interroger, le fils du restaurateur n'était pas dupe. De sa voix calme, il entreprit de m'expliquer.

– Adriana est orpheline. C'est une réfugiée albanaise. Elle doit avoir quatorze ans. Ici tout le monde sait qu'elle ne s'entend pas avec les Karssani. Ce sont les propriétaires de l'hôtel et ses tuteurs légaux. On raconte qu'elle aurait déjà essayé de fuir plusieurs fois. Mais, pour ça, il faudrait qu'elle arrive à échapper à ces salauds.

Je m'imaginais fonçant droit sur l'entrée de l'hôtel, percutant la gueule d'un gros ventru d'une main, de l'autre chopant la belle brune par le bras pour l'entraîner jusqu'au Toyota, moteur ronflant, prêt à partir. Un rêve, bien entendu !

Dino poursuivait son récit, ignorant ce que je vivais à l'intérieur de ma tête.

– Georges Karssani est calabrais, d'origine albanaise, comme pas mal de gens de la région de Lugro en Calabre. Il est arrivé il y a deux ans à Ravello, avec sa femme et leurs trois fils. Ils n'avaient pas un sou.

– Et aujourd'hui Karssani est propriétaire de ce « trois étoiles » ?

– Oh ! pas seulement de ça ! Il roule dans une Mercedes qui vaut plus de cent millions de lires, et fait travailler une vingtaine d'employés. Ce sont tous des *paeses* à lui, qui ne fréquentent personne dans la région.

– Il y a une explication à cette réussite éclair ?

– Plusieurs ! On parle d'un réseau clandestin d'émigration entre l'Albanie, le Kosovo, l'Italie et l'Allemagne. Mais, si c'est vrai, ce n'est pas par cet hôtel que transitent les réfugiés ! Vu les prix, ce ne sont pas des sans-le-sou qui prennent une chambre ici, tu peux me croire ! En revanche, ce que nous avons vu cet après-midi à Pompéi, c'est bien la preuve que les Karssani et leur bande trafiquent d'une manière ou d'une autre.

– N'empêche qu'on n'a rien trouvé à l'intérieur de la figurine en terre.

– Ils sont malins ! Il faudrait mieux chercher ! Et puis, il n'y a pas que ça. Depuis quelques semaines, les Demetrio, une des familles de Calabrais qui travaillent pour eux, se sont mis à racketter des commerçants de la région. Ce sont eux qui habitent Vietri sul Mar et qui sont venus trouver papa hier soir.

– Personne ne dit rien ?

– Un restaurateur de Vettica a porté plainte. L'aîné des fils Demetrio a été voir les carabiniers pour leur expliquer que ce commerçant n'avait rien compris. Lui et ses deux « amis » étaient simplement venus lui demander de payer sa cotisation pour un parti politique ! Tu parles d'un culot !

– Et ça a marché ? Les carabiniers se sont contentés de ça ?

– Bien sûr ! D'autant qu'un ancien député de la *Dichi,* très influent à Rome, a confirmé leurs déclarations.

– C'est quoi la *Dichi* ?

– L'ancienne Démocratie chrétienne. Après la condamnation de leur leader, pas mal de ses députés ont passé des accords pour gouverner avec la nouvelle droite et, si nécessaire, les ligues nationalistes du Nord.

– Mais ceux-là sont plus ou moins fascistes, non ?

– Certains ne s'en cachent même pas ! Papa dit toujours que, dans ce pays, le risque c'est de se réveiller un matin avec un nouveau Duce au pouvoir. Ce qui nous sauve, pour le moment, c'est l'Europe.

– Et vous, à Ravello, vous ne pouvez rien faire ? À part prévenir la police, bien entendu !

Dino avait simplement haussé les épaules.

– La mafia sicilienne, la Camorra napolitaine et la 'Ndrangheta calabraise ont tué des milliers de gens ces dernières années, des civils, des policiers et des magistrats...

– Oui, t'as raison, ça rigole pas. Je me souviens d'avoir lu l'histoire de ce juge, Falcone, qui a été pulvérisé dans sa voiture avec sa femme et ses gardes du corps par une mine téléguidée.

– En plus des crimes, c'est des milliards de milliards de lires que la mafia détourne chaque année. Si le sud de l'Italie est presque dans la misère, c'est en grande partie la faute de ces criminels. Leurs activités : vol, prostitution, vente d'armes, drogue, kidnapping, et j'en oublie... leur rapportent au moins autant que gagne une multinationale. Et si la 'Ndrangheta est moins connue que la Camorra, depuis quelque temps, avec le Kosovo, c'est pas la moins active.

– Qu'est-ce qui va se passer à ton avis, pour que ça change ?

– J'en sais rien. Personne ne sait comment il faut faire ! Mais depuis une dizaine d'années les gens du sud de l'Italie en ont marre. Les juges ont commencé à envoyer pas mal de « parrains » et de politiciens pourris en prison, pour plusieurs dizaines d'années chacun. Forcément, aujourd'hui ça provoque une guerre terrible entre les petits chefs de clan de la Camorra et de la 'Ndrangheta. Chacun essaye de piquer les territoires de l'autre.

– C'est ce qui se passe à Ravello ?

– T'as tout compris. Georges Karssani veut faire régner sa loi sur la région.

Désormais, Ravello et ses environs, je ne les regarderai plus de la même façon. L'Italie du Sud, c'est bien autre chose que des décors de cartes postales. Mis à part les arnaques classiques et les vols à l'arraché, le danger est invisible pour le touriste ordinaire qui ne soupçonnera rien de tout ça au cours de ses vacances...

8

Elle se tenait dans l'encadrement de l'entrée du Solitario. J'avais cru d'abord qu'il s'agissait d'un jeu d'ombres et de lumières sur son visage, mais non, c'était bien ça : la belle brune me regardait, moi, et elle me souriait !

Un choc de 220 volts sous les fesses m'avait propulsé en avant. Je m'étais retrouvé à trois mètres d'Adriana, avant d'avoir réfléchi et sans savoir ce qui allait se passer.

Sans me quitter du regard, elle descendit les trois marches du perron. Comme si elle désirait que je l'admire de plus près.

Elle était plus belle que belle. Ses yeux noirs semblaient éclairer de l'intérieur le teint pâle de son visage. Ses longs cheveux sombres ondulaient autour de son cou, en balayant le haut de ses épaules.

Avec les yeux écarquillés comme des soucoupes et mon sourire de niais, je devais avoir l'air d'un allumé. La preuve : elle riait. Oh ! pas fort, à peine un murmure.

Le téléphone arabe devait bien fonctionner à Ravello. Adriana m'adressa tout de suite la parole en français. Un français hésitant, mais avec une voix grave qui me chamboulait et me faisait battre le cœur.

– Je... Adriana, et toi ?

– Frédéric !

Après ça, il me fallut une bonne minute pour cesser de détacher mon regard de la jeune Albanaise.

– Tu fais quoi ?

Elle n'avait pas l'air de comprendre.

J'avalai prestement ma salive et fis fonctionner mes neurones à toute allure pour essayer de produire une phrase de plus de trois mots.

– On peut aller faire un tour si tu veux ? Pour bien me faire comprendre, je désignai de la main un bosquet de pins parasols à cinquante mètres de là.

Un nuage sombre voila le sourire de la jolie brune.

– Pas pouvoir... Encore travail !

– Et après ? Jamais je ne me serais cru capable de parler aussi directement à une fille. En tous cas, ça ne m'était encore jamais arrivé ! Tu pourrais sortir... Si tu veux, je viendrai t'attendre.

Adriana tourna vivement la tête pour scruter le hall derrière elle.

– Je veux ! Mais pas ici... Derrière hôtel. Petite porte, à minuit.

La jeune fille fonçait déjà pour remonter les marches. Un gros chauve, portant une barbe de trois jours, en veste noire et chemise blanche sans cravate, apparut au fond du hall pour l'interpeller en albanais.

Sans attendre que le gros me repère, je filai à toute allure vers le banc où attendait Dino.

– J'ai rencard dans une heure. Tu m'accompagneras ?

– Ça va pas, non ? Pour quoi faire ?

– Sois sympa, Dino ! Je connais mal la ville et, au cas où le tuteur d'Adriana me tomberait dessus, tu pourrais m'aider à m'enfuir. Ça serait vraiment cool de ta part, sans blague !

Dino sourit gentiment avant de me taper dans la main.

– D'accord. Mais je te préviens : je ne suis pas un héros de bande dessinée, moi. Mon sport préféré c'est le vélo, pas le karaté !

– T'es super, Dino. Je le savais !

– En tous cas, tu peux dire que tu as sacrément la cote ! C'est la première fois que je vois cette fille adresser directement la parole à un homme... même un jeune comme toi !

Jusqu'à ce que minuit sonne au clocher de la basilique, les minutes durèrent des heures et l'heure... une semaine entière.

Chez Sergio, vrai coup de chance : maman et papa avaient disparu dans leur chambre.

Le restaurateur, seul dans la cuisine, nous demanda simplement de ne pas rentrer tard. Dino l'embrassa avant de prendre la clef de la porte de service du restaurant.

Un père vraiment sympa, ce Sergio ! J'en aurais la preuve un peu plus tard.

Quelques minutes avant l'heure fatidique, Dino m'entraîna dans des ruelles étroites, pleines d'ombre, au cœur du vieux Ravello.

Il m'indiqua la porte peinte en vert sombre se détachant sur un long mur blanc, qui brillait sous l'éclat de la pleine lune.

– C'est là ! Je t'attendrai plus loin... pour que vous soyez tranquilles.

Je faillis lui dire qu'il s'agissait en fait de mon premier vrai rendez-vous avec une fille.

Je n'eus pas le temps de me faire un film. La porte grinça et une ombre fine glissa rapidement le long du mur chaulé.

Mon cœur battait à la vitesse d'un mixer en folie. Je quittai l'abri d'un grand arbre pour avancer vers ma belle brune.

Ma main n'agrippa que le vide lorsque je voulus entraîner Adriana plus loin.

Dans l'ombre, les yeux de la jeune fille brillaient d'un éclat qui n'avait rien de romantique. Elle recula d'un pas et j'eus toutes les peines du monde à entendre ce qu'elle murmurait.

– Toi, partir ! Tout de suite... Vite !

Et ce fut tout.

En moins de trois secondes la porte s'était refermée et je me retrouvai seul devant le mur blanc.

Tout ça pour ça ?

Un léger sifflement me fit me retourner. Dino me faisait signe de vite venir le rejoindre.

De l'endroit où il s'était replié, on apercevait une large porte métallique. Un homme était en train d'ouvrir les deux battants. Dans la cour de l'hôtel, nous percevions le ronflement des moteurs.

La première à sortir fut la Mercedes, suivie par une camionnette bâchée. Quelques secondes plus tard, les feux de position des deux véhicules disparurent au coin de la ruelle. Mais, à l'intérieur de la grosse allemande, j'avais eu le temps d'entrapercevoir la chevelure brune d'Adriana.

J'étais frustré et en colère, au point de ne pas me rendre compte que Dino me tirait par la manche.

– Tu as vu ? Le gros barbu qui conduit la bagnole, c'est Georges Karssani. À cette heure-là, je me demande bien où il peut aller.

– Viens ! On va les suivre, répondis-je en tirant Dino par le bras.

– Comment ?

– Tu m'as bien dit que ton sport préféré c'était le cyclisme ? On va prendre chacun un de tes vélos de course et, en nous grouillant, on pourra facilement rejoindre ces bagnoles dans la descente.

– Mais t'es fou ! En pleine nuit ? C'est un coup à se tuer.

Je désignai le disque rond qui brillait au-dessus de nos têtes.

– Avec la pleine lune, on y verra comme en plein jour. De toute façon, tu peux rester si tu veux, moi j'y vais. Allez, magne-toi !

Les Italiens, pour la bicyclette, ce sont vraiment des *campionissimos*. Heureusement que Dino m'avait accompagné ! Sans lui, je n'y serais pas arrivé. Il ouvrit la route et choisit les meilleures trajectoires pour prendre chaque virage à une vitesse de folie. En dix minutes, nous nous retrouvâmes à une centaine de mètres de la camionnette. Dino se releva pour me faire signe de ralentir et de rester à bonne distance. Les poumons prêts à prendre feu, les muscles des bras durs comme du béton, je ne me le fis pas dire deux fois.

Jusqu'à la plage, la descente dura une bonne demi-heure. Cette seconde partie fut une balade, compte tenu de la vitesse réduite des deux bagnoles sur cette route en lacets. Je me sentais dans une forme pas possible quand, devant nous, les véhicules quittèrent la route. Toujours au ralenti, ils s'engagèrent sur un chemin de terre mal carrossé, qui longeait la mer en direction d'une crique de sable.

Allongés sur une roche plate dominant la plage, nos vélos couchés à côté de nous, nous attendîmes jusqu'à ce qu'un homme sorte de la camionnette.

Face à la mer, il fit deux signaux brefs avec une lampe de poche.

Nous perçûmes le bruit du moteur avant de distinguer, au ras des vagues sombres, la forme effilée d'une vedette qui approchait, tous feux éteints.

À cet instant, sur la plage, je reconnus la silhouette frêle d'Adriana, encadrée par trois hommes. Le petit groupe avança vers les deux silhouettes qui venaient de sauter de l'embarcation.

Leur entretien ne dura pas plus d'une minute. Je fus quelque peu rassuré quand je vis Adriana retourner vers la Mercedes en compagnie d'un des hommes. Les quatre autres, dans l'eau jusqu'à la taille, déposèrent plusieurs caisses sur la plage.

Il y eut un ronflement de moteur et la vedette disparut dans l'obscurité.

Une fois les caisses chargées dans la

camionnette, les véhicules firent demi-tour pour reprendre le même chemin qu'à l'aller.

Mais ce coup-là, pour les suivre, dès le premier virage je compris qu'il s'agissait d'une tout autre histoire.

Trois heures. Au moins ! Il me fallut plus de cent quatre-vingts minutes pour grimper à la vitesse d'un escargot asthmatique les cent quarante-trois virages qui menaient du niveau de la mer jusqu'à Ravello. Jamais plus, je le jure, je ne regarderai une étape de montagne du Tour de France en me disant : « Ils n'avancent pas ! » Dino avait beau m'encourager et me faire changer sans arrêt de braquet pour me faciliter l'ascension, je n'en pouvais plus. Mon corps pesait des tonnes et ce vélo, sa selle et ses pédales étaient pour moi autant d'instruments de torture. Ce n'était plus seulement mes bras et mes épaules, c'était absolument tous mes muscles qui semblaient avoir été coulés dans un bloc de béton !

Devant l'entrée du garage du restaurant, Dino dut m'aider pour descendre de mon engin. Je ne parvenais plus à faire un pas !

Quand nous franchîmes la porte de la grande maison le plus discrètement possible, de l'autre côté des montagnes le jour commençait à se lever.

9

Pendant les quelques heures de sommeil de cette courte nuit, je me souviens avoir sombré dans un cauchemar terrible.

Englué jusqu'aux genoux dans un lac de goudron fumant, je tentais d'échapper à un démon barbu qui lançait dans ma direction des statuettes de céramique, explosant tout autour de moi.

L'une d'elles heurta mon épaule. Un choc sans douleur, mais persistant. Je tentais de fuir le plus vite possible, lorsqu'une poterie frappa mon avant-bras.

Penché sur mon lit, Dino me secouait de plus en plus fort.

– Frédéric, réveille-toi. Il est midi. Tes parents te réclament.

Cassé ! Anéanti ! Allongé dans mon lit, j'avais l'impression d'être encore assis sur cette maudite bicyclette ! J'étais courbatu de l'extrémité des ongles des pieds à la pointe des cheveux.

Un déjeuner copieux, une douche bien chaude réparèrent en partie mes douleurs. Dino, en pleine forme lui, ne semblait pas souffrir de notre épopée de la nuit.

– Bon ! Qu'est-ce qu'on fait maintenant ?

– Avant tout, réfléchir.

– Ce n'est pas pour te casser le moral mais, cette nuit sur la plage, à aucun moment je n'ai eu l'impression qu'Adriana était prisonnière.

– Je peux t'assurer qu'à minuit, lorsqu'elle est venue me rejoindre, elle avait l'air drôlement affolée à l'idée que son tuteur puisse me surprendre avec elle !

– N'empêche qu'elle t'a dit de te barrer de là. Comme si, une heure avant, ce n'était pas elle qui t'avait fixé rendez-vous !

– Ça ne prouve rien non plus, ce que tu dis ! Je me demande pour quelle raison les Karssani se servent d'elle pour leurs sales combines. Ça serait bien de savoir ce que contenaient les caisses qu'ils ont débarquées de la vedette cette nuit. De la drogue ? Des armes ? Des cigarettes ou de vraies antiquités ?

Dino approuva.

– T'as raison, faudrait savoir.

Une idée, encore vague, avait commencé à germer tout au fond de mon cerveau qui acceptait seulement de recommencer à fonctionner.

– En allant faire une petite visite à l'hôtel Solitario.

– T'es malade ou quoi ?

Il me fallut vingt bonnes minutes pour décider Dino à accepter de suivre mon plan. Un stratagème un peu bidon, je l'avoue, mais qui aurait le mérite de nous permettre de pénétrer dans le hall de l'hôtel.

Après, il nous faudrait improviser.

D'abord, passage par ma chambre pour y prendre un peu d'argent. Après quoi, shopping dans une boutique de souvenirs, à l'autre extrémité de la ville. Là, nous fîmes l'achat de notre « marchandise ».

Dino étant un enfant du pays, *naturellement* ça me coûta deux fois moins qu'aux touristes.

À peine terminé le service de midi à la pizzeria, on récupéra le « matériel » dans ma chambre, pour nous transformer en marchands ambulants : lunettes de soleil à verres polarisants, casquette à grande visière de Plexi coloré et tee-shirt *I love the Amalfi coast.*

Déguisés de cette façon, on fonça en direction du Solitario. Nous avions choisi l'heure la plus chaude de l'après-midi. Celle où Karssani et ses hommes, comme la plupart des habitants de Ravello, rejoignaient leur chambre pour leur sieste quotidienne.

Comment convaincre, en anglais, la grosse bonne femme moustachue qui nous faisait face derrière le comptoir de la réception ? Il aurait fallu plus et mieux que la dizaine de tee-shirts que nous lui proposions de vendre aux clients de son établissement.

C'est l'arrivée de trois vrais touristes anglais, roses comme des crevettes cuites, qui nous permit de franchir l'obstacle sans nous faire remarquer.

La grosse réceptionniste ne parlant pas la langue des Spice Girls avait désormais bien trop à faire pour s'intéresser encore à nous.

Le dallage de céramique luisait dans l'ombre. Nous avancions à pas de loup. Les portes closes s'alignaient tout au long du couloir désert.

Laquelle ouvrir ? Sans me laisser le temps d'avoir peur, je choisis la première.

Mauvaise pioche ! Un alignement de balais et de serpillières humides montait la garde dans le placard.

La seconde donnait sur un escalier, où chaque marche gémissait tellement qu'à la troisième je préférais battre en retraite. Le temps d'arriver au premier étage, tout l'hôtel aurait été réveillé.

Ce qui se trouvait derrière la troisième porte me sembla tout de suite plus intéressant : une réserve de matériel et de denrées alimentaires.

Dino vient aussitôt me rejoindre et referma derrière nous.

Sans perdre de temps, après avoir allumé le plafonnier, nous entreprîmes de visiter les étagères et les quatre coins de la pièce avec, tout au fond, une autre porte.

Cette fois c'était la bonne. Au centre du petit local, sur plusieurs étagères, s'alignaient des centaines de figurines de terre cuite de différents modèles... ainsi que trois caisses de bois blanc identiques à celles que les trafiquants avaient débarquées de la vedette, cette nuit même.

– Grouille-toi, Frédéric ! Faut surtout pas se faire piquer, chuchota Dino, que la panique gagnait.

Je pesai de toutes mes forces sur le manche d'un gros tournevis, que je glissai entre les planchettes d'une des caisses.

De mon côté, même si je ne disais rien, je n'étais pas loin de tout laisser tomber pour me barrer en courant.

Une seule chose me retenait : le souvenir du visage d'Adriana.

Même si le rendez-vous derrière l'hôtel avait tourné court, quelque chose me disait que, pour autant, je ne devais pas laisser tomber cette fille !

Un dernier effort me permit de passer la main à l'intérieur et d'attraper une terre cuite du bout des doigts.

Je désignai les étagères.

– Prends un modèle de chaque. Celles qui sont placées au fond, pour que ça ne se remarque pas.

Trop paniqué, Dino ne se rendit même pas compte lorsqu'il heurta du coude un des moulages. Il y eut un bruit sec, qui nous parut énorme, quand la terre cuite explosa sur le sol de ciment.

Le temps de balancer les plus gros morceaux sous les étagères, en deux temps, trois mouvements nous étions dans le couloir, en possession des statuettes.

Nous allions revenir sur nos pas pour sortir par l'entrée principale de l'hôtel lorsque la voix d'un homme se fit entendre à l'extrémité du couloir.

Coincés !

Pour sortir, plus question de repasser par le hall de réception.

C'est l'odeur du café qui me guida.

Le cœur battant, la main sur la poignée, l'oreille collée au battant de bois, j'écoutais, n'osant encore rien tenter. Derrière la porte, je perçus un bruit léger. Quelqu'un était là.

– Reste dans l'ombre, ne bouge pas et laisse-moi faire, soufflai-je à Dino.

J'ouvris brusquement, souriant de toutes mes dents, tout en mâchant un chewing-gum imaginaire.

– Hello ! S'cuse me, a lavatory please ?

La vieille sorcière qui épluchait des haricots verts sursauta sur sa chaise, me dévisageant comme si elle venait de voir entrer un extraterrestre.

Pour moi, la surprise était tout aussi grande.

Ce n'était pas la vue de cette vieille bique qui me bloquait sur place.

Adriana était assise de l'autre côté de la grande table.

Elle leva les yeux, sans paraître me reconnaître.

Son joli visage reprenait des couleurs et ses yeux amorçaient presque un sourire quand la femme au gros chignon – la réceptionniste qui nous avait coincés à l'entrée de l'hôtel – apparut dans l'encadrement de la porte.

Inutile de parler l'albanais pour deviner que la grosse toupie à moustache était partie alerter Karssani et ses hommes.

Sauver ma belle brune ? Une sacrée idée que j'avais eue là ! Ça m'apprendrait à vouloir jouer les Zorro. La mort dans l'âme, je claquai la porte derrière moi, non sans avoir remarqué le regard furibard d'Adriana qui, elle aussi, s'était mise à m'insulter.

Par chance, sans trop savoir comment, en moins de dix secondes je me retrouvai dans la petite rue, là où, quelques heures auparavant, nous avions épié le départ des deux véhicules.

Au coin du mur de chaux éblouissant de lumière, Dino, le sac de tee-shirts à la main, me fit signe.

Moins de trois minutes plus tard, nous étions à l'abri dans la cour arrière du restaurant de Sergio.

J'avais la rage. J'en aurais pleuré, si j'avais été seul.

Je racontai à Dino ce qu'il n'avait pas pu voir dans la cuisine, en insistant, bien entendu, sur le comportement invraisemblable d'Adriana.

– Je te l'avais dit ! Même si ça ne paraît pas croyable, en fait elle est de mèche avec les Karssani.

– Pourtant, je te jure, il m'a semblé qu'elle avait commencé à me sourire.

– T'es incroyable, toi ! T'as pas compris ? C'était pour mieux se moquer de toi et parce que c'est une vraie fourbe, cette Albanaise.

– J'arrive pas à le croire !

– Tu sais, les filles ça restera toujours un mystère pour nous, les hommes, on les comprendra jamais.

Après ça, il nous restait à examiner les quatre statuettes.

Elles étaient identiques, à un détail près. Celle que j'avais subtilisée dans la caissette en bois était beaucoup plus légère. Pour cause : elle était creuse !

Maintenant, nous pouvions faire le point, l'hypothèse d'un trafic de drogue ne faisant pratiquement aucun doute.

– On sait comment ils s'y prennent. La vente des statuettes remplies leur permet de fournir en drogue des centaines de « fourmis ». De faux touristes qui viennent à Pompéi en bagnole ou en car s'approvisionner sans beaucoup de risques.

– À ton avis, la poudre, Karssani et ses hommes la fabriquent sur place ? demanda Dino.

– Non. Ici, à Ravello, ce serait trop compliqué et trop dangereux. Il faut manipuler des produits chimiques, de l'acide. Ça fait du boucan et, en plus, ça pue énormément.

– Dis donc, t'es drôlement calé sur la question dope ! s'étonna mon copain.

– Mes parents ont pas mal voyagé dans des pays où la drogue est considérée comme une marchandise ordinaire.

– Alors, comment ils font les Karssani ?

– Je n'en sais rien. Mais, pour le découvrir, ça va pas être du gâteau. Ce qui m'inquiète aussi, c'est ce qu'Adriana va raconter à son tuteur. Il faut prévenir nos parents. Il y a des chances que ça craigne pour nous deux ! À tous les coups, ce salaud d'Albanais et ses hommes vont revenir au restaurant... et cette fois ils seront certainement plus de trois !

Dino me regarda sans avoir l'air de comprendre.

– Mais pourquoi viendraient-ils dans notre restaurant ? Qu'avons-nous à voir avec cette histoire ?

– Tu plaisantes ou quoi ? Mais à cause de la visite qu'on vient de faire au Solitario, toi et moi, banane !

– Une visite au Solitario, toi et moi ? Mais *où* t'as pris ça ? Nous ? On n'y était pas ! Ce n'est pas nous qui sommes entrés dans cet hôtel. C'étaient deux Anglais qui vendaient des tee-shirts !

D'un geste vif, Dino ôta la casquette enfoncée sur mon crâne.

– Qui portait une casquette, des lunettes de soleil et un tee-shirt *I love The Amalfi coast*, superbeau ? Toi ? Bien sûr que non. Depuis ton arrivée à Ravello, tu portes une chemise en jean et moi un polo vert... et ni toi ni moi n'avons jamais eu de casquette ! Rien à voir avec ces deux *English* ! Tu veux parier que la réceptionniste sera incapable de nous reconnaître ?

Dino n'était pas seulement bon en vélo, c'était aussi un supermalin et, à partir de maintenant, mon meilleur ami italien.

D'ailleurs, il eut l'air ravi quand je le lui déclarai.

10

Ce jour-là, je n'étais pas au bout de mes surprises.
Après l'accueil d'Adriana à l'hôtel, j'eus droit au bouquet final. Et celui-là, impossible de l'oublier.

C'était plus fort que moi, je voulais une fois encore croiser le regard de cette belle brune. Être certain qu'elle avait agi normalement et de son plein gré.

En fin de soirée, j'avais entraîné Dino jusqu'à la *piazza* centrale.

Une heure passa. Pour moi à attendre et pour mon copain à me dire qu'on serait mieux chacun dans son lit. Et puis, comme la veille au soir, elle apparut sur le pas de la porte du Solitario. Mais cette fois elle n'était pas seule. Encadrée par deux jeunes d'une vingtaine d'années (« deux des fils Karssani », me glissa Dino à l'oreille). Ils roulaient des mécaniques et frimaient pas possible, tellement ils étaient fiers d'accompagner une beauté pareille pour faire le tour de la place.

Bien sûr, elle m'avait repéré. Les deux frères se marraient comme des baleines lorsqu'elle leur parla de moi. Le sourire moqueur, pour ne pas dire méprisant, qu'elle me jeta à cet instant me broya le cœur.

Pour me prouver sans doute qu'elle était une vraie femme et moi un bambin, elle sortit un paquet de cigarettes de la poche de sa jupe. Les deux fils Karssani s'étaient retrouvés en même temps, le briquet à la main, pour lui allumer sa sèche. Comme le paquet était vide, elle le froissa avant de le balancer dans ma direction. Le message était clair : « Un mec comme toi, j'en fais une boulette et je le jette ! »

Ça me suffit largement comme leçon. Cette fois, c'est moi qui chopai Dino par le bras pour que nous retournions chez son père.

– Attends !

Un moment, je crus qu'il allait vers la crâneuse et ses deux chevaliers servants pour leur adresser la parole. En fait, mon copain se dirigea vers l'endroit où se trouvait le paquet de cigarettes. Après avoir vérifié que les trois autres lui tournaient le dos, il le ramassa. Qu'est-ce qui lui prenait ? Il voulait en faire quoi ? Ça m'intrigua d'autant plus qu'il examina l'emballage vide avant de le glisser à toute allure dans une des poches de son baggy.

Dino souriait de toutes ses dents en revenant vers moi.

– Pourquoi t'as fait ça ?

– T'as pas vu ou t'as pas compris ?

– Mais c'est quoi ce cirque, à la fin ? Explique-toi !

– Le paquet, c'était un message... Eh ! banane.

– J'y crois pas ! J'ai cru qu'elle se moquait de moi. Montre !

– Attends qu'on soit plus loin. Il ne faut surtout pas que les deux nuls se rendent compte qu'ils viennent de se faire rouler. Et puis tu comprendras pas : c'est en italien.

Le message était écrit au feutre à l'intérieur du papier d'emballage. Dino lut le texte une première fois, avant de me le traduire.

– C'est plein de fautes, mais c'est facile à comprendre.

– Qu’est-ce qu’elle dit ?

– Elle te redonne rendez-vous à minuit, ce soir, derrière l’hôtel.

– Encore ! J’étais presque déçu. Elle ne dit rien d’autre ?

– Si : « Aide-moi s’il te plaît. Excuse-moi pour cet après-midi… *Bacio*, Adriana. »

Une musique triomphale venait d’éclater à l’intérieur de ma tête.

– Ça veut dire quoi, *bacio* ?

Je devinais, mais je voulais que Dino me le confirme.

– Elle te donne un baiser.

La musique s’arrêta d’un seul coup, remplacée par mon cœur qui cognait jusque dans mes oreilles.

– Tu te fiches pas de moi ?

– Je te jure. Elle t’embrasse !

– C’est tout ?

– Attends ! L’emballage des Marlboro c’est tout de même pas le format d’un papier à lettres !

Heureusement pour moi, minuit c'était dans moins d'une heure.

Bien entendu, Dino vint avec moi. Parce que le français de la jolie brune ne suffirait pas pour répondre aux questions que je voulais lui poser. Après... Mon copain et moi on se dit qu'on verrait bien.

Quand la silhouette d'Adriana franchit la porte sur le côté du grand mur blanc, je lui fis signe de nous rejoindre.

Si elle voulait me refaire le manège de la dernière fois, au moins ce coup-là j'aurais l'air un peu moins cloche.

Mais cette fois, sans hésiter, la jeune Albanaise se précipita pour nous rejoindre. Elle nous colla deux smacks à chacun sur les joues. L'obscurité de la nuit lui évita de voir le rouge nous monter au visage.

Inutile de la questionner. Adriana nous raconta un peu en français et le plus souvent en italien son incroyable histoire.

Elle n'était pas orpheline. Les Karssani n'étaient pas ses tuteurs, mais tout bonnement ses geôliers. Son père était chimiste à Kukës, une petite ville de montagne, en Albanie. Lors de la guerre du Kosovo, il avait été « récupéré » de force par une bande de trafiquants associée à la 'Ndrangheta calabraise. Pour obliger son père à travailler à la transformation de la drogue, ils avaient enlevé Adriana pour la confier à Georges Karssani. Ça faisait presque un an et demi qu'elle était prisonnière, ici à Ravello. Deux jours auparavant, elle avait appris, par une indiscrétion d'un des employés de l'hôtel, ce qui s'était passé quand les frères Demetrio avaient tenté de faire du racket dans le restaurant de Sergio. C'est alors qu'elle avait décidé d'entrer en contact avec nous. Elle souhaitait profiter de la protection du restaurateur et de ses amis français pour fuir et rejoindre ses parents.

– Tu peux compter sur nous... Dino et moi on va t'aider.

– Et les deux papas aussi ? ajouta la belle brune avec un sourire timide. Elle nous faisait confiance, mais pas au point de se passer du soutien de nos parents, tout de même !

S'apercevant qu'elle venait de me vexer, elle me colla un autre baiser sur la joue. Ses lèvres soyeuses avaient un goût de cerise.

Pour lui montrer que je n'étais plus un gamin et que Dino et moi étions à la hauteur, je lui expliquai ce que nous avions deviné.

– On sait pour les statuettes. On a tout compris ! Mais il faut que tu nous dises comment se passent les livraisons et tout le reste.

Dino traduisit ce qu'elle n'avait pas bien saisi, pour aller plus vite.

C'est elle et la vieille femme, la mère de Georges Karssani (le monstre, dans la cuisine), qui remplissaient les moulages (elle appelait ça des *bumbules*) avec la drogue. Elles rebouchaient les socles avec de la terre fraîche qu'elles faisaient cuire dans le four à pain de l'hôtel.

Mais le plus intéressant, Adriana nous l'a dit en français :

– La cocaïne, elle vient la nuit, de Albanie. Demain, elle vient la vedette !

C'était l'information qu'il me fallait pour mettre mon plan à exécution.

Dino d'abord et Adriana ensuite furent étonnés, puis de plus en plus emballés par le stratagème que j'avais imaginé pour la sortir des pattes de ces salauds.

Pour terminer, nous nous mîmes d'accord sur la façon de communiquer en cas de changement de programme. Adriana utiliserait une des poubelles de l'hôtel où elle glisserait un papier froissé en boule.

De notre côté, en cas d'annulation, nous nous retrouverions ici même, derrière l'hôtel, après minuit.

Elle aurait bien voulu rester, mais il était vraiment tard.

Je lui conseillai de rentrer. Ce n'était pas le moment de tout faire foirer. Plus tard, on aurait tout le temps de se revoir.

Sur le chemin du retour, Dino me parla sans discontinuer. De quoi ? Aucune idée. Je n'entendais rien. Je ne savais plus où j'habitais.

11

Le lendemain matin, tout en prenant notre petit déjeuner, mon copain et moi tînmes un véritable conseil de guerre. Cette fois encore, j'avais absolument besoin de son aide.

Je lui expliquai mon plan dans les moindres détails.

Dino me fit remarquer que, jusque-là, nous nous en étions plutôt bien tirés et que ça pouvait continuer encore un peu. Je lui proposai d'exécuter ensemble la première partie de mon plan. Dès l'après-midi, nous retournerions sur le site d'Herculanum. Après quoi, à notre retour, il serait indispensable de mettre nos parents au courant.

Papa et Sergio étant devenus de vrais copains, nous n'eûmes même pas à leur demander de nous conduire dans la banlieue de Naples. Sergio nous proposa de les accompagner jusqu'à Somma, où il désirait acheter un petit vin de pays, récolté directement sur les flancs du volcan.

Dino prit son air le plus innocent pour leur expliquer ce que nous souhaitions faire de notre côté.

– Au passage, vous ne pourriez pas nous laisser à Herculanum ? Frédéric veut faire, pour plus tard, un dossier sur la vie quotidienne à l'époque des César.

Papa me félicita.

Je n'eus même pas honte.

De son côté, maman, en compagnie de sa copine Julia, s'initiait aux secrets de la cuisine italienne : *zuppa de pesce, pasta alle vongole, raviolis* et de la *torta caprese* au chocolat.

La voie était libre.

Nous avions donc tout l'après-midi devant nous lorsque le 4 × 4 conduit par Sergio nous déposa à l'entrée du site archéologique.

Cette fois, pas question d'aller admirer les mosaïques des thermes du forum, d'aller rêvasser dans la maison à l'alcôve ou celle de la treille de bois, ni d'admirer les bas-reliefs de son atrium... Nous n'étions pas là pour ça.

Impossible de savoir s'il avait bougé de son siège en maçonnerie depuis notre première rencontre et si c'était le même journal qui lui servait d'éventail.

Le regard du mafieux n'avait plus rien de sympathique lorsque Dino s'inclina pour lui baiser la main. Moi je m'en tins, cette fois encore, à une simple poignée de main.

Nous avions un tueur en face de nous. Un tueur qui flaira le sang et la mort dans ce que lui révéla Dino.

Il nous écouta sans rien dire, posant de rares questions à mon copain, dans leur patois napolitain.

À la fin, le vieux sortit un portable dernier modèle de la poche intérieure de son veston, comme s'il s'était agi d'une arme.

Il nous ordonna de nous éloigner.

Deux minutes plus tard, il nous rappela pour nous dire ce qu'il attendait de nous et... de nos parents.

Pour prendre congé, Dino effleura de ses lèvres le rubis du vieil homme. Je crus nécessaire de m'incliner profondément. Sans chercher à aucun moment à capter son regard.

Il était un peu plus de quatre heures lorsque le Toyota s'arrêta devant la trattoria du Corso Resina, où nous avions rendez-vous.

À voir leurs mines réjouies, papa et Sergio n'avaient pas acheté sans goûter les cinq petits tonneaux de vin qui remplissaient le coffre.

Dès notre arrivée au restaurant, j'entraînai Dino dans ma chambre pour faire le point et décider de ce qu'il fallait faire... et dire !

La proposition du vieux mafieux ne nous laissait pas le choix. Il ne fallait pas perdre une minute. Nos parents devaient être informés de ce qui allait se passer au cours de la nuit !

C'est en cas de coup dur qu'on peut juger les gens.

Dans les moments graves, papa et maman ont toujours été impeccables. Sergio nous avait déjà prouvé qu'il était, lui aussi, à la hauteur. Pas un cri, pas une menace de punition. Tous trois ne nous posèrent que des questions précises et utiles.

Tout en nous écoutant, papa se bricolait un système de tiges de métal fixées sur le plâtre de son avant-bras, pour le renforcer et en faire, si nécessaire, une arme redoutable. Maman avait préparé une trousse de secours et du matériel de soin. À dix heures et demie, comme convenu, Dino et Sergio nous rejoignirent sur la place.

Maman au volant, papa et moi prîmes place dans le 4 × 4.

Le restaurateur tendit un sac en toile à papa qui l'ouvrit rapidement avant de le glisser sous son siège. Le regard de mon père était éloquent : s'il fallait se battre, ils n'auraient pas les mains vides.

Maman fit ronfler bruyamment le moteur du Toyota et effectua plusieurs appels de phares. Devant la façade de leur restaurant, nos deux amis nous faisaient de grands signes d'adieu.

Quelques passants s'écartèrent en protestant lorsque ma mère klaxonna pour se frayer un chemin entre les groupes de promeneurs et rejoindre dans la nuit la route nationale.

– C'est là !

À quelques dizaines de mètres de la plage, sur la gauche de la route, papa venait de repérer l'étroit passage entre deux grandes roches verticales indiqué par Sergio.

Maman éteignit les phares du camion et bifurqua sur un chemin de terre étroit qui s'enfonçait sous les arbres de la falaise.

Habillés de sombre sur leurs vélos de course, Sergio et son fils nous rejoignirent vingt minutes plus tard.

Sans perdre de temps, maman nous passa à tous du noir de bouchon sur le visage et les bras.

C'est un vrai commando qui se glissa sans bruit jusqu'aux rochers qui dominaient la plage.

J'en étais au point de croire qu'au dernier moment tout avait été annulé lorsque, à l'autre extrémité de la petite crique, tous feux éteints, je vis arriver la Mercedes de Karssani. Elle avançait à faible allure sur le chemin de terre parallèle à la plage. Nous distinguions à peine le ronronnement de son moteur quand elle passa sous le rocher où nous étions dissimulés.

Trois hommes sortirent de la voiture. Ils jetèrent plusieurs coups d'œil prudents tout autour d'eux, avant de s'éloigner jusqu'au rivage.

L'un d'eux utilisa une lampe torche pour envoyer deux éclairs brefs en direction du large.

Dans la soirée, Sergio nous avait expliqué que, peintes en bleu outremer, tous feux éteints, moteurs coupés, au ras de l'eau, les vedettes transportant la drogue ou le tabac de contrebande étaient pratiquement impossibles à repérer. Ce soir, celle des mafieux calabrais devait attendre au large, sans doute depuis pas mal de temps. Prête à fuir à la moindre alerte. Elle pouvait atteindre les cent cinquante kilomètres à l'heure en vitesse de pointe.

Au bout de plusieurs minutes d'attente, par-dessus le bruit du ressac, nous distinguâmes le grondement sourd du moteur in-bord.

J'étais dans un tel état d'excitation que je fis un véritable bond sur place lorsque la main de papa se posa sur mon épaule.

– Tu es sûr qu'Adriana est avec eux ? murmura-t-il.

Je hochai la tête et lui fis comprendre par signes que j'allais descendre du rocher jusqu'au niveau de la plage pour regarder à l'intérieur de la grosse voiture allemande.

Je démarrai à toute allure, allongé sur le ventre, ignorant mon père qui me faisait signe de rester sur place.

Mon cœur battait à toute allure mais je me sentais sûr de moi et je n'avais pas peur. Il ne me fallut pas plus de trois minutes pour atteindre, dix mètres plus bas, le sable de la plage.

Au détour d'un bloc de rochers, je distinguai enfin la masse sombre de la Mercedes des trafiquants. Mais d'où j'étais, couché sur le sol, je ne pouvais voir que les roues et le bas de la carrosserie.

Il me fallait désormais progresser en terrain découvert pour atteindre un gros bloc de roches grises. De là, j'aurais une vue imprenable sur l'intérieur de la Mercedes.

À dix mètres du rocher plat, un point lumineux, rouge vif, jaillit de la voiture et atterrit à quelques centimètres de mon œil droit.

Le type assis derrière le volant m'avait-il repéré ?

La portière venait de s'ouvrir. Sous la clarté de la lune, une chaussure noire vint se poser sur le sable, suivie par le bas d'une jambe de pantalon.

Cloué sur place, incapable de savoir si je devais me relever pour fuir ou rester allonger, j'osais à peine respirer. Le vacarme à l'intérieur de ma poitrine devait s'entendre jusqu'à la voiture allemande.

Le nez au ras du sol, je sentais la fumée du mégot envahir peu à peu mes narines. Encore quelques secondes et je ne pourrais pas me retenir de tousser !

12

De grosses gouttes de sueur salées roulaient sur mon front, m'obligeant à fermer l'œil droit. Il ne me restait que très peu de temps avant de prendre une décision.

Fuir ou foncer sur le type ?

Je bandai mes muscles.

Le chauffeur de la Mercedes regardait en l'air et me tournait le dos lorsque je me redressai pour lui bondir dessus.

J'allais l'atteindre quand mon pied se déroba, tordant violemment ma cheville. La douleur m'immobilisa en plein élan. Au lieu de percuter l'homme de toute la vitesse possible, je m'affalai sans force contre son dos. Surpris, le truand fit rapidement demi-tour en plongeant la main dans la poche de son pantalon.

À l'intérieur de la voiture, Adriana se mit à crier.

L'homme venait de sortir son arme, lorsqu'une ombre jaillit derrière lui. Il y eut un choc, semblable à celui d'un morceau de bois sec se brisant d'un seul coup. Le type s'écroula sans un cri, comme un sac vide.

– Hou là ! J'ai cassé mon plâtre... Ça va, ta cheville, Fredo ? interrogea papa en même temps qu'il ouvrait la portière arrière pour sortir Adriana de la Mercedes.

Je n'eus même pas le temps de m'approcher. Deux bras me saisirent par les aisselles pour me relever.

– Allez on remonte. Faut pas traîner, murmura Sergio.

Il aurait aussi bien pu crier à tue-tête.

Les trafiquants avaient autre chose à faire que de s'intéresser à nous. Décrivant une longue courbe au-dessus de la plage, une mince traînée lumineuse déchira l'obscurité du ciel. Dans la seconde qui suivit il y eut le bruit sourd d'une légère explosion, immédiatement suivie d'une lumière vive et blanche. Trente mètres au-dessus du sol, à l'extrémité d'un petit parachute, une fusée éclairante illuminait la plage. Cette clarté soudaine nous permit d'apercevoir les deux embarcations venues du large, qui rendaient impossible toute fuite de la vedette rapide.

Et ça se mit à tirer dans toutes les directions.

C'était le moment ou jamais d'en profiter.

Il s'agissait de foncer pour remonter le plus vite possible dans les rochers, où Dino et maman, armés chacun d'un fusil de chasse, protégeaient notre repli.

De leur côté, profitant de l'extinction de la fusée éclairante, Karssani et ses hommes venaient d'abandonner l'embarcation rapide pour se précipiter dans la Mercedes, lorsqu'un long trait de feu jaillit de l'extrémité de la plage.

Nous perçûmes nettement les cris d'effroi poussés par les cinq trafiquants avant l'impact de la roquette.

L'explosion de la voiture allemande provoqua une immense boule de feu qui monta jusqu'aux étoiles avant de s'effilocher et former une colonne incandescente, jaillissant au-dessus de la plage dans un effroyable fracas.

Le silence qui suivit me parut plus horrible encore.

Même s'il s'agissait de trafiquants, dealers de drogue, à cause de l'argent et du pouvoir, des hommes venaient de mourir devant nous.

Adriana tremblait de tous ses membres à côté de moi. Sous l'éclat de la lune, son beau visage était trempé de larmes. Je passai mon bras autour de ses épaules.

– C'est fini !

Elle enfouit sa tête contre mon cou, ne voulant plus rien voir.

Épilogue

À près le combat qui s'était déroulé sur la plage, il nous fallut passer des heures dans les locaux des carabiniers.

Ils voulaient absolument tout savoir : comment, pourquoi, avec qui et comment ? Ce qu'ils cherchaient à comprendre, surtout, c'était par quel hasard nous nous étions trouvés là, à deux heures du matin, au moment précis où avait lieu le règlement de comptes.

Autant d'interrogations auxquelles il avait fallu répondre. Mais en partie seulement. Pas question de dévoiler la conversation que nous avions eue, Dino et moi, avec le vieux chef de guerre de la Camorra napolitaine.

Deux jours plus tard, nous nous retrouvâmes tous devant une des portes d'embarquement de l'aéroport de Naples. Ma « belle brune » partait retrouver ses parents. Maman l'accompagnait pour que tout se passe bien jusqu'à son retour à Kukës.

Un soir, à la fin du service, Sergio nous fit à sa manière un résumé de la situation qui prévalait désormais à Ravello.

– Vous connaissez cette expression : tomber de Charybde en Scylla ? Ces deux endroits existent bel et bien. Ils se trouvent dans le détroit de Messine, en face de la Sicile. Le premier est un tourbillon qui présentait autrefois un danger mortel pour les embarcations moyennes. Quand un bateau échappait à ces remous, il était aussitôt entraîné droit sur Scylla, un éperon rocheux, qui l'envoyait par le fond. À voir nos têtes, le restaurateur se mit à rire. Aujourd'hui, à Ravello, c'est la même chose. Nous avons échappé à la 'Ndrangheta pour tomber entre les pattes de la Camorra. Don Martino, ce brave vieillard, est un salopard comme les autres. Peut-être même pire ! Souvenez-vous comment il s'est débarrassé de Karssani et sa bande.

Il y a deux jours, il m'a envoyé un de ses hommes pour me rappeler que la paix et la tranquillité sont indispensables à la marche d'un commerce comme le mien... mais qu'elles ont un prix !

Ce ne sera pas facile tous les jours et nous devrons faire constamment attention, mais Dino et moi avons décidé de vivre ici en prenant toutefois quelques précautions.

À mon tour, j'ai fait passer un message à don Martino. Au cas où il nous arriverait quoi que ce soit, un des juges chargés de combattre les crimes de la mafia recevrait une longue lettre qui lui révélerait des choses intéressantes au sujet des membres de la Camorra, à Naples, ici à Ravello et à Vietri sul Mar.

Cette lettre sera notre meilleure assurance-vie dans les années à venir.

Après ça, nous trinquâmes tous ensemble à notre amitié, avec le vin de Somma qui se récolte sur les pentes du Vésuve.

souris noire

Dans la même collection

1 **Pinguino**
Franck Pavloff

2 **Lambada pour l'enfer**
Hector Hugo

3 **Le Squat résiste**
Franck Pavloff

4 **Ippon**
Jean-Hugues Oppel

5 **Cauchemar-rail**
Stéphanie Benson

6 **Mon frère est un drôle de type**
Olivier Mau

7 **La Calanque des ermites**
François Joly

8 **Un privé chez les nababs**
Gérard Moncomble

9 **Embrouille à minuit**
Malika Ferdjoukh

10 **Nuit rouge**
Jean-Hugues Oppel

11 **Aladdin et le crime de la bibliothèque**
Marie et Joseph

12 **Wiggins et le perroquet muet**
Béatrice Nicodème

13 **Wiggins et la ligne chocolat**
Béatrice Nicodème

14 **L'Assassin de papa**
Malika Ferdjoukh

15 **Frères de sang**
Olivier Thiébaut

16 **Le Disparu de Cabrérac**
Alix Clémence

17 **Le Père Noël s'appelle Basile**
Pierre Pelot

18 **La Planque**
Frédéric Fajardie

19 **L'Inconnue dans la maison**
Stéphanie Benson

20 **Tonton tué**
Serge Quadruppani

21 **Marathon sur l'estuaire**
Hubert Ben Kemoun

22 **La Vengeance de la petite gitane**
René Frégni

23 **Pépé Grognon**
Jean-Loup Craipeau

24 **Un pavé dans la mare**
Robert Deleuse

25 **Une incroyable histoire**
William Irish

26 **Trois Soleils mauves**
Marc Menonville

27 **L'Aventure du pied du diable**
Arthur Conan Doyle

28 **Dans le grand bain**
Jean-Hugues Oppel

29 **Au bord de l'abîme**
Charlotte Armstrong

Achevé d'imprimer sur les presses de

BUSSIÈRE CAMEDAN IMPRIMERIES

GROUPE CPI

à Saint-Amand-Montrond (Cher)
en février 2001

Composition : D.V. Arts Graphiques
Conception graphique couverture :
Didier Thimonier
Dessin de la Souris noire : Lewis Trondheim
Typo dessinée par Anne Ladevie
N° d'impression : 010490/1. Dépôt légal : février 2001.
Loi n° 49.956 du 16 juillet 1949
sur les publications destinées à la jeunesse

4,90